경주마였다

푸른시인선 029

경주마였다

초판 1쇄 인쇄 · 2024년 10월 17일
초판 1쇄 발행 · 2024년 10월 23일

지은이 · 이상백
펴낸이 · 한봉숙
펴낸곳 · 푸른사상사

편집 · 지순이, 김수란, 노현정 | 마케팅 · 한정규
등록 · 1999년 7월 8일 제2-2876호
주소 · 경기도 파주시 회동길 337-16(서패동 470-6) 푸른사상사
대표전화 · 031) 955-9111(2) | 팩시밀리 · 031) 955-9114
이메일 · prun21c@hanmail.net
홈페이지 · http://www.prun21c.com

푸른
시인선
029

경주마였다

이상백 시집

힘 빼는 데 오래 걸렸습니다.

2024년 10월

이상백

| 차례 |

제2부

| 차례 |

제3부

제4부

제1부

월인천강지곡

죽으면 모두 별이 된다는데

엄마는 달이 되었다

낮달로 떠서

휘청거리던 내가 머리 들게 하고

어둑어둑해지는 날에는

보름달로 온다

그날은 천 개의 강에 그 빛을 나누지 않고

오로지 내 강에만 떠서

앞길을 보여준다

그래도 헤쳐나가지 못할까 봐

내 머리맡까지 따라와

홑이불이 된다

바람 바람 바람

바다도
철이 들면
파도치는 일을 그만두고
산으로 오는지.

산이
먹지같이 깜깜한 밤마다
파도 소리를 베꼈는지.

깊은 골짜기 몰아치는 바람 따라서
온 산이
파도 소리를 낸다

바람 불 때마다
내게 다시 비늘이 돋는다

꽹과리

나를 나만 몰라서

두들겨
맞을 때마다
악다구니를 쳤다

내가 꽹과리인 줄
그때 알았더라면.

때마다
장단에 맞춰
신명 나게 한판 뽑았을 텐데

나만 나를 몰라서
한때
그 판을 깼다

꽃밭

소풍의 꽃은 보물찾기다

보물 하나 찾지 못하고 돌아서던 내게
왕눈깔사탕을 건네주던 영숙이
내가 단물을 넘길 때마다
영숙이는 사루비아 꽃으로 톡톡 피었다

내게 징검다리로 박힌 보물들은
꽃으로 피어났다

발뒤꿈치 들어 경숙이는 해바라기로 피고
인숙이는 우리 사이 빈틈 생길까 돌돌 말아 맨드라미로
피고
정숙이가 색색으로 과꽃을 그려놓으면
우리 모두 과꽃으로 피었다
봉숙이는 땅에서 돋아나는 푸른 별들을 끌어안아 수국
이 되고
민숙이가 분꽃으로 피기 시작하면

우리들의 이야기는
저녁을 먹으면서 다시 시작되었다

우리 한 번만 더
꽃대 하나에 닥지닥지 붙어 붉디붉은 칸나로 피어보자고
지금 나는 초록 끝자락을 붙들고 서 있다

신의 한수

눈물로
산비탈에 서 있던 어머니들에게
신이 한 방울의 눈물을 더 보태주어

윗논이 물꼬를 터서
무릎 아래
아랫논을 키우는
내리사랑
다랑이논을 만들 수 있었다

어머니들은 주름살 사이에
쉼 없이 새끼들 밥을 심고.

다랑이마다 일렁거리며
푸르름을 내뿜을 때
새끼들도 덩달아 쑥쑥 자랐다

어머니는
자식들의 밥이다

접힘

형제가 많아
소매나 바짓단을 몇 번씩 접어 입었다

접혀진 나를 펼치면
씨앗 하나 심을 곳 없는 사막 한 자락이 와르르 쏟아졌다

이런저런 이유로
나는 접히는 것이 싫었지만

형제들 책꽂이에 접혀 있는 위인들의 삶을
펼치고 펼치면
까만 씨앗들이 내 텃밭에 투두둑 떨어졌다

씨앗들이 내 노래가 될 때까지
아코디언 같은 날들을
접었다 펴기를 반복했지만

자면서도 날개는 접지 않았다

먹물

이 선을 넘지 말라고
더 이상 건드리지 말라고 했는데

건드리면
나는 먹물을 뿜어댔다

주변을 모두 시커멓게 만들었다

어설픈 장치로
나까지 더러워졌다

공감

겨울나무끼리
뿌리가 닿았나 보다

겨울인데
추운 줄 모르겠다

꾀벗은
그 겨울을 어찌저찌 이겨나간 것도
한 이불에
옹기종기 식구들 언 발을 모아놓는 아랫목
있어

추운 줄 몰랐다

문패

맥심 커피 한 잔을 쪽배 삼아 당당하게 세상을 항해하던 〈사루비아 다방〉 선생님들 다 떠나가도 〈사루비아 다방〉 그 이름 바꾸지 않고 인사동에서 서촌에 닿아 〈사루비아 다방〉 맥심 커피는 없는 〈사루비아 다방〉 갤러리 노를 저어 새로운 세상을 그려내고 있다

이삿짐 풀기도 전에 문패부터 달던 아버지 없는 배를 타고 우리도 아버지와 다르게 흘러가지만 우리들 문패도 그대로다

생의 한가운데

나는 릴레이 주자다

바통을 이어받으면
발이 땅에 닿을 사이도 없이
제 구간을 쏜살같이 달린다

넘어지지만 말고
바통을 꼭 쥐고 끝까지 뛰라던
출발선 목소리가
정말 발도 뗄 수 없는 고비를 만날 때
내 등을 힘차게 밀어주었다

혼자가 아니었다

아슬아슬한 우리 팀 승패를 바꿔보겠다고
환호성을 안고
마지막 주자가 되어 달리던 날.

나는 타오르는 불꽃이었다

별이 빛나는 밤

우울의 두레박을 내린다

줄을 풀고
아침을 나갔던 식구들이
저녁 밥상으로 돌아와
희미한 날들 속에서도
빛을 나누어 먹던 그때가
내 생애 가장 눈부신 사치였다

눈을 감으면
별이 되어 떠나간 자리마다
그리움 가득 차올라
밥상에 둘러앉아 두런거리던 소리
다시 반짝인다

한 치의 오차도 없이 깔끔하게
이 별들을 두레박에 담아 올릴 참인데

눈 깜빡하는 사이

산산조각이 난다

두레박도

우물도 없는

별이 빛나는 밤에.

그림자 동행

우리보다 우리를 먼저 읽어내던 어머니. 어머니를 우리는 빨리 읽어내지 못하고 곧잘 사막에 세워두었다. 모래 바람이 언덕으로 불 때마다 어머니 기억도 날아가는데 잡지도 못하고 바라보기만 했다.

나무가 꽃으로 기쁨을 말하듯, 어머니가 길어 올리는 북청의 물을 먹고 우리는 앞마당의 장미와 국화로 활짝 피어 어머니의 기쁨이 되곤 했다. 눈덩이가 눈덩이를 굴리는 가속도로 재산을 부풀리지는 못했지만, 우리의 꿈이 이스트로 부풀어 오르면 어머니는 잘 반죽하여 언제나 우리를 더 빵빵하게 만들어놓았다. 가끔 꽃무늬 양산에 원피스를 입고, 우리 손에 쥐여주던 사탕 몇 개가 녹기도 전에 금방 돌아오겠다고 대문을 나서던 어머니, 기다리던 우리에게 파마 냄새로 낯설게 들어서곤 했다.

보름달이 뜰 때면 어머니는 고향 떠나오던 날이 보인다고 했다. 굴뚝이라고 믿고 함께 떠나왔던 아버지에 관한

이야기는 이따금 한숨으로 밀려났다. 복병도 복병이지만, 우리를 더 빛나게 만들어 고향으로 꼭 돌아가고 싶다고 어머니는 달보다 더 빛나게 말했다. 그 빛은 우리를 세상 가운데 세워놓았고, 어머니는 무채색으로 누워버렸다. 모래언덕에서 우리는 어머니를 아예 놓쳐버렸다.

어머니가 깡통 속에 쟁여놓고 떠난 색색깔 드롭프스 몇 개 안 남았는데. 지금 어디쯤에.

가족의 망

양파망 안에 꼭꼭 붙어 있던 양파
한 알씩 꺼내 바구니에 담는다
몇 개가 맞붙어 있던 자리에 상처가 생기고 무르기도
했다

우리도 몽글몽글 함께 잘 살고 있다고 보였던
가족의 망에서
꼼짝없이 맞닥뜨려 말없이 무르기까지 해도
형제가 제각기 살림을 내면서야 그 상처가 보였다

양파야 그 흠과 무른 곳을 벗겨내고 도려내면
어떤 것과도 잘 어울려
제 몫을 다 하는데

우리는
제 상처만 더 커서
더는 상처받고 싶지 않다고
갑자기 소식을 끊은 뒤에야

얼마나 덧나고 곪았으면 그랬냐고 그 상처를 물었다

이만큼의 거리로
더 상처받지 말라고
바구니에 양파를 한 알씩 떼어놓다가

그래도
좁은 집에 맞붙어 살던 그 상처가 새삼 그립다

날자 날자 날자

먹감나무에 눌러앉았다가
못질을 당해
나비장 나비경첩이 되었다

여닫이문은 삐걱거리며
이제 니가 어떻게 날겠냐고 조롱한다

날던 법을 잊어버리지 않으려고
문을 빠져나갔다 늦게 돌아온 날은

경첩이 잘 맞지 않는다고
주인장은 여닫이문을 야단쳤다

꿈길마다 오가며 이어놓은 길 끝.

바라나시 갠지스강에
발을 담그자마자

경첩이 날개를 퍼득거린다는
여닫이문 목소리가
나풀나풀 날아오른다

새날이다

기울기

빳빳하게 살아서
남의 어깨에 기댈 줄도 모르고
제 어깨도 내어주지 못한다

빳빳하기만 해서
칼집이 몇 번 들어가야 접히고
사람들 보는 앞에서
대차게 등짝을 얻어맞고야 뒤집히는
딱지가 되기 전에
남의 어깨에 기대어보기도 해야
제 어깨도 내어줄 줄 안다고

기울어진 어머니 어깨가
앞서가며 말한다

제2부

경주마였다

박하사탕을 골랐다

목구멍처럼
앞길이 그렇게 환하지 못했지만
그렇다고 단번에 깨물어 끝낼 일도 아니었다
혓바닥을 돌려가며
오랫동안 녹여 먹으려고
딱! 소리 나게
직장 한 번 바꾸지 못했다
녹을 대로 녹아
칼처럼 얇아진 이력을
입천장에 붙여놓고
아슬아슬하게 침만 삼켰다

다들 그랬다고 한다

흙수저

같이 출발해도
그들은 늘 그 속도로 가서 선두가 되고
우리는 이것저것 핑계를 대고 둘러보다가 뒤쳐진다
그들이 있는 자리까지
우리가 헐떡거리며 도달하면
그들은
기다렸다는 듯이 발딱 일어서서 새로운 길로 나선다

그들이 서둘러 간 길이 잘못되어
돌아 나오게 되어도
우리는 선두가 될 수 없다

그들과 우리 사이
메울 수 없는 간격을 당연하게 휘저어서
쾌감을 마시며
달콤한 독설로 지금도 노닥거리고 있어서.

선물

하루하루가
산 넘어 산으로 넘어가고 있을 때

마테호른을 돋을새김한 수제 초콜릿을 받았다

가고 싶었던 날들을
잔에 가득 내려

커피 한 모금에
산 정상을 베어 물면

아침 햇살을 머리에 두른 마테호른이
풍덩
세수하는 곳에 나도 있다

풍경을 즐기라고
달콤하게 속삭인다

오늘이 돋을새김이다

한여름 밤의 꿈

동업을 시작한다
계약직으로 이어온 터라
'평생'이라는 약관의 단서에
누구보다도 우리를
지켜보라고
축의금도 박수도 받고 개업식을 했다

도장도 꽝꽝 소리 나게 찍었는데
몇몇이 우리의 동업을 뜯어말리던 이유가
점차 드러나기 시작하면서
도장을 찍은 것이 아니라
서로가 제 발등을 찍었다는 것을 알게 되었다

남보다
번듯하게 꾸려보자는 야무진 꿈들이
오히려 우리를
각자의 방에 가두었다

'해약'은 빠를수록 좋다는 생각이
종종 잠보다 깊었지만
문을 열고 나오면

안개 걷힌 그 길에
신발 뒤축으로 닳아버린
우리들의 청춘이 우두커니 서 있었다

부메랑

너는 정말 아무렇지도 않게 한 말이었지만
그 말 한마디에
나는 중심을 잃었다

입안 가득 떫어
삼키지도 곱씹지도 못하고 뱉어냈다

부메랑.

내가 아무렇지도 않게 한 말이
누구의 중심을 마구 흔들었을지도 모른다

빛깔을 자랑하던 나는
터져버린 홍시로 땅바닥에 누워버렸다

담쟁이

그만둘래요

담쟁이로 붙어 있는
여기는
내가 더 있을 곳이 아니거든요

밥줄에 매달려 있는 것 같아
더 견딜 수가 없어요

바람 불 때마다

통째로 흔들려도 괜찮다
매달린 김에
싱싱한 초록으로 밥통을 가득 채워보자

아무리 도닥거려봐도

여기 아니면 더 매달릴 곳이 없어
나를 단색으로 뭉개고 있는 것 같거든요

깃발

더 내놓을 것이 없을 때까지
탈탈 털려
빨랫줄에 매달려도

나는 깃발이라고 생각했다

팽팽하게
깃발로 펄럭였다

바람 빠져나가는 길을 만들 줄 몰라서
살이 찢기기도 했다
그대로 찢으라고 내어주기도 했다
갈기갈기 찢기면서도
패잔병이 되어 돌아오는 나를
나만은 기다려주어야 했다

그 언덕에 두고 온 깃발이

소식처럼 와서

내 노래에 섞여 펄럭일 때

나는 비로소 깃발이 된다

구들

잘난 제 집을 두고

멀리 아흔아홉 칸 고택
장작불 구들에
하룻밤을 눕힐 때가 있었다

누울 곳 없는 쓸쓸한 네 마음이
제 집을 두고

구절초 따라 산길을 내다가
강가에 눈발로 서 있다가
내 문을 두드리면

내
아랫목을 내줄게

임금님 귀는 당나귀 귀

말 말 말을 타고 넘겠다고 하다가
말 말 말에 걸려 넘어졌다

〈맙소사〉

어디에서나
등 하나 달고 두 귀를 열면
대숲에 바람이 몰려와
산문(山門)을 열어준다

탑들은
몸집을 줄여 올라가면서 제 키를 키우고
대나무는 한 마디씩 비우면서
자기 키를 채운다

한 마디만 더 크자

나의 산티아고

아직 나는 도착하지 못했다

　구간을 나누어 계획하고 준비했다. 쉬지 않고 그 계획대로 걸었다. 즐기며 천천히 가라고 했지만 내가 그린 풍경 속에 점차 다가가고 있어 외롭지 않았다. 짐도 무겁지 않았다. 혼자 뚜벅뚜벅 갈 때도 있었고, 한 무리를 지어 함께 가는 기쁨도 있었지만 늘 내 계획에 차질이 생길까 봐 종종걸음으로 앞질러 나갔다. 욕심부리다 헛디뎌 한참을 일어서지 못했던 나는 그 시간들을 만회해야 한다는 생각의 다리를 질질 끌면서 아무렇지도 않은 척 걸었다. 남들이 가는 길로 가기보다는 내가 정해놓은 길로 가느라 자면서도 걸었다.

　드디어 앞서가는 무리들과 하나가 되었다. 세상은 두 팔 안에 들어와 언제나 내 편이었다. 노래를 부르며 앞서다 물러서다 걸었다. 넘어져서 일어서지 못하는 일행의 짐을 나누기도 했다. 천군만마가 나를 산티아고까지 그냥 데려다줄 것 같아 강도 산도 날아오르며 만발한 꽃 속을 걷다,

'무궁화 꽃이 피었습니다' 뒤돌아섰다.

　나를 여기에 서게 해준 사람들이 구덩이를 파고 이정표
로 서 있다. 말뚝에서 풀린 나는 한 발짝을 떼지 못하고
퍼질러져 버렸다. 일행들은 나를 긱정하며 저만치 가고.
세상은 무성 영화로 돌아가며 나를 안개 속에 세워두었다
　안개에 떠밀리고 떠밀리며 기쁨의 크기도 슬픔의 무게
도 없이. 이제 산티아고에 도착한 것도 같고. 아닌 것도
같고. 나는 분명 먼저 도착한 일행들에게 박수를 받고 있
는데.

　어제의 나와 다 이별하지 못한 내가 아직도 거기에 있다

콜라비

단단한 껍질부터 벗겨내야 하는 일이
도통 손 안에 잡히질 않는다
어설프게 속살에 칼집을 내려다 베이고서
다시 단칼의 용기로 맞붙는다

껍질을 벗고
양배추와 순무의 맛.
날것으로 온전히 자신을 말하는데

나는 내 껍질을 벗기는 방법에 늘 서툴렀다
단칼에 베일 것 같아서
껍질을 방패 삼아 붙들고
속살을 드러내지 못했다

번듯한 밥상에 깍두기나 피클로 오르지 못했다

부칠 수 없는 편지

그 길로 가고 있어요

프로방스 루르마랭이요
장 그르니에가 알베르 카뮈에게 준 것보다
선생님의 더 많은 가르침을 받은 저로서는
인사동 길이 저의 루르마랭이지요

어느 계절도 마다할 수는 없지만
여름의 끝자락에
인사동 길을 걸을 때면
곧장 가라고 하시던
선생님의 목소리가 들려서
부칠 수 없는 편지를 쓰곤 해요

지중해 햇빛과 바람으로 쓰고 있어요
이렇게 시작하면

제가 가는 이 길이 최선이라는 답변이 들려요

갱년기

또 한 번의 통과의례다

강으로 살다가
바다로 들어서는 순간에 섞이지 못하고
여기까지 살아온
진하고 굵은 생색을 내서
주위를 놀라게 한다

물을 조금씩 타면서 색을 빼자

내가 없어지는 것이 아니다
강에서 바다로
새로운 이름을 하나 더 얻는 거다

다 받아주는 바다가 되려고
나 지금 연습 중이다

허세

닭 중의 닭, 산닭이라고. 모두가 아등바등 먹이를 찾아 다닐 때 날개를 자랑삼아 까불었다

창공에 멋진 날개를 펼친 독수리가 먹이를 낚아채러 하강할 때 태생이 다르다고 치부하다가, 나도 날개가 있는데 못 할 게 없다 싶어 산꼭대기에 올라가 벼랑 앞에 섰지만, 계산이 더 빠른 나는 한 발도 내딛지 못했다

이만하면 되었다 싶어 눈 딱 감고 세상에 나를 던졌다. 준비 없는 나를 세상은 순순히 받아주지 않았다. 날개도 제대로 펼치지 못한 채 가속도가 붙어 골짜기에 처박혀, 한때 남들에게 보기 좋은 구경거리가 되었다

천칭 저울

간간이
기쁨으로 날아오르다가

기척도 없이 들이닥쳐 발목을 잡는
슬픔이
새까만 세상에
나를 던져버릴 때

저울에
이 까만 슬픔 하나만 올려놓아야 하는데
어제까지 슬픔에
다시 만날 슬픔까지
올려놓아
버팀목이 휘청거린다

기쁨과 슬픔
어느 쪽으로도 기울지 않는
그 지경을 보려면
내 심장이 깃털처럼 가벼워지는 수밖에.

제 3 부

강물의 두께

수이푼강 살얼음에 발이 빠진 이유가 있었다

고구려 이래 예맥족 말갈의 접경지. 발해 때 솔빈강. 금나라 때 소빈강. 명나라 때 속평강. 청나라 때 수분강. 현재 러시아는 라즈돌리노예강. 연해주 우수리스크 고려인들은 수이푼강이라 부른다. 어째 내게는 슬픈강으로 들린다

다 하고도 한 일이 없다며, 나 죽으면 수이푼강에 한 줌 재로 뿌리라고 말한 이상설은. 이 강이 아무르만을 거쳐 동해로 흘러가는 것을 알고 있었다. 죽어서야 조국에 닿는 것도 알고 있었다. 고작 유허비로 점 하나 찍어놓고 오가는 우리처럼 강도 여기를 지날 때면 소리 내지 못하고 눈물을 길게 흘려보내는 것을 본다

동해 어느 바닷가에 서도 내 발에는 슬픈강 눈물이 제일 먼저 닿는다

궁리

나는 여기 있고
너는 거기에 있다

너는 오지 않는 것이 아니고
오지 못하고 있다

그 깊은 골짜기에서 아직도 빠져나오지 못해
산모퉁이 돌지 못하고 있다

바쁘게 흘러가던 나는
다시 멈춰서서

괜찮다 괜찮다 괜찮다

강물의 등을 두드리며
너를 또 기다려본다

운문사에서

들어서는 산문(山門)에
방금 싸리 빗자루 쓸고 간 자국이 선명하다

한낮에 뒤뜰을 쓸고 계시는 노장의 일연 스님이다. 싸리
빗자루가 붓 한 자루 되어 세상 이야기와 노래를 염불처
럼 써 내려가시더니 한참을 빗자루 든 채 서 계신다

틀림없다. 단군신화 쓰는 중이다. 이때 끼어 들어가 시
중을 들기만 하면 나도 분명 사람이 될 것 같아 나무 그늘
에서 급히 나서는데

어디에도 일연 스님 자취 없다

나마스테 간디

간디를 만나고 싶었는데
간디는 책 속에서 한 발짝도 걸어 나오지 않았다

간디를 만나고 싶어서
인도에 왔다

간디는 벗어놓은 안경 너머에서
여전히 분주하게 사람들과 인사를 나누고 있다

내 차례를 기다리며
돌아와 다시 책을 펼친다

페이지마다 글자들이 쫘르륵 모여들어
맨발의 까만 발자국을 만든다

나에게 그렇게 왔다 간다
간디가.

기억의 밑줄

붉은 동백꽃
모가지가 뚝 떨어진다

조선왕조실록 연산군일기
김처선의 직언이 땅바닥에 떨어진다

나무에서 한 번
속절없이
땅에서 또 한 번 피는 이유.

다시 보게 한다

명의

병원 문을 나서는데
함박눈을 만났다

쏟아붓는 하얀 가루약이
온몸을 덮는다

별스럽게
각을 세워
병을 키웠던 자리가
녹아내리며
차츰
나는 평평해진다

약이 되고 싶다

동행

한라산도 그저 산이려니 하지만

제주 사람들은
특히 서귀포에서 한라산을 바라볼 때
한라산은 산이 아니라
가지런히 머리를 풀고 누워있는 여인으로 보인다고
한다

우리는
서로 어느 쪽을 바라보며 가고 있을까

봄이 오는 소리

더 이상 못 참겠다

무더기 무더기로 떼 지어
아무런 말도 보태지 않고 앞다투었다

이제는 우리 차례다

겨울과 봄 사이에서
교전을 치르는 꽃들의 아우성.
남쪽에서부터 밀고 올라오는 속도에
전국이 떠들썩했다

길은 하나로 이어지던 오월.
꽃들의 혁명이었다

폭죽으로 터지지 못한
봄을

길바닥에 누운 채 다시 길을 잇던 오월이었다
꽃으로 피기도 전에 산화된 그들이었다

그들이 가서 다시 봄으로 오는 거라고.

벚꽃은
하룻밤 비바람을 마다하지 않고
그날보다 한 발짝 먼저 길바닥에 하얗게 눕는다

경계를 지우다

내가 발로 밟는 순간
그 길은 내 길도 되지만 모두의 길이 된다

둔황 막고굴 장경동 앞에서
『왕오천축국전』을 놓쳤다고 자책했다

프랑스 국립도서관에서 살면서
국립중앙박물관에 나들이 왔다가 돌아가는
혜초의 길을 바라보며
다시는 자책하지 않는다

국보로 돌아오지 못하고 또 낯선 나라에 가더라도.

혜초가 간 길은
모두의 길이기 때문이다

목격자

그냥 흘러 흘러만 갈 판이냐고 강 언덕 사시나무가 몸살을 친다

그게 아니라고 다 보았다고 막아서도, 밀려오는 강물은 덮어놓고 갈 길 가자 한다. 사시나무는 떠나지 못하고 강바닥에 눌어붙은 사연을 다시 힘껏 빨아올리며 가는 길을 막아선다. 네 말이 옳다. 강물이 가던 길을 멈추고 사시나무를 품에 꼭 끌어안는다

강물에 비친 은사시나무.

네 말이 옳다. 그 한 마디면 모두가 몸살을 치지 않고 제자리로 돌아갈 수 있었는데, 늘 나는 구경꾼이었다

독도

너는 우리 가족의 가장 아픈 손가락이다

비바람 치는 한 데에서
홀로 든든한 울타리가 되어주는
너를 만나러 왔는데

높은 파도로
발 한 짝을 들이지 못하고 이번에도 돌아서야 한다

호적을 들춰보면
딱 부러지게
네가 우리 가족인 것을.

어째
이웃사촌이란 놈이 매번 나서서
너를 자기 가족이라고.

너보다 앞서 뛰어나와

너를 만나지 못하게 우리 길을 막아서는

이 높은 파도가

때마다 거품 물고 시비 거는 그놈처럼 드세다

고추 먹고 맴·맴·맴

봄이어도
여기에 서면 겨울이다

그 겨울
두텁게 남한산성이 되었던
이름도 기억되지 않는 그들이
죽어서도
얼음장 밑에서
아직도 봄에 닿지 못하고
맴돌며 이 땅을 지키고 있어서다

살았지만
머리를 땅바닥에 아홉 번 조아리며
충신도 역적도 내가 만들었소
나를 용서하지 마오
남한산성
무능의 감옥을 빠져나오지 못하고 맴돌던 소리

맴 · 맴 · 맴

그때나 지금이나
모두가 맴돌고만 있어서다

첫사랑

돈황 월아천!
너를.

소문으로 듣기만 하다가
어렵사리
낙타까지 타고 달려와 처음 만났던 너를.

지금 다시 만나러 오게 될 줄 몰랐다

스무 해가 넘도록 너는 나에게 가득 차서
내가 사막이 되지 않도록
나의 호흡을 도왔다

너의 민낯에 반했던 나는
다시 와서
네 얼굴에서 화장기를 살살 밀어내며
너의 물기 말라가는 초승달 눈동자를
먼발치에서 바라본다

너를 보겠다고
몰려드는 사람들 사이에 둘러싸인 너를.

다시 보며 나를 본다

코로나 19

어제까지 우리 일상은 사치였다

끔찍한 소문의 진상을 밝히려는 현장에
사실을 펼쳐 보일 것 같던 소문은
우리를 조롱하며
구경꾼 사이로 순식간에 숨어버렸다
우리가 촘촘히 죄어들어갈수록
불쑥불쑥 폭우를 쏟아부어
목숨을 거둬가며 아예 길을 끊어버렸다

우리는 내일을 장담할 수 없어 맴돌며 휘둘렸다

소문은 사람이 끊어진 길을 따라 유유히 흘렀다
얼굴을 바꾸면서 우리들의 생사를 붙들고
파문에 파문을 만들었다
방심하면
큰 파고로 밀려와 더 많은 목숨을 덮쳤다
소문이 무리 지어 위세를 떨쳐도

우리는 이만큼 거리를 두고 입을 막은 채 손만 씻었다
소문은 우리 사이에 끼어
가던 길 한복판에 우리를 한참 동안 홀로 서게 했지만
더는 물러서지 말고 맞서 싸우자고
앞장서는 백신을 따라
맨몸으로 우리들의 길을 이어갔다

신을 만나러 가는 중이다

생각의 꼭대기에 신이 있다고
내 발에 딱 맞는 신을 신고 모두 저 높은 곳을 향하여
간다

내려갈 길 뭐 하러 올라가냐고 속삭인다. 올라갔다 내
려오는 길인데 별거 없다 구시렁거린다. 이 정도 풍경이
면 충분하다고 끝까지 올라갈 필요 없다고 한다. 타박타
박 혼자 가기보다 목적을 잃고 떼를 지어 니가 옳거니 내
가 옳거니 피 터지게 다툰다. 급기야 한 무리는 가던 길을
돌아서고. 거의 다 왔다고 취객보다 더 크게 부르는 노래
를 밟고 깔딱고개에서 하늘 한 번 올려다보면 '고지가 바
로 저기'라고 마지막 힘을 내라 한다.

올라오는 길은 서로 달랐지만 말없이 모두 그 품에 안
긴다

제 4 부

채석강에서

층층이
책을 높게 쌓아 올렸다
오는 사람마다
이 책들을 다 읽어보았는지 거의 까맣다

유독 튀어나온 까만 책을 먼저 펼쳤는데
어떤 글자도 없다

여기까지 왔으면
다시 시작해보라고

바다는
파도를 시켜 말끔하게 지워놓았다

세한도

또 푸른 피를 수혈받는다

뾰족뾰족한 내 말이 옳다
하면서도
행여 찔릴까 봐 등을 돌리고
빠른 걸음으로 산을 내려가는 그들을
오늘은 나도 따라가고 싶다
내려가서
꽃무리에 끼여
한때를 주목받고 싶다
철철이 옷을 갈아입고 풍경화도 되고 싶다

이렇게
거꾸러질 것 같은 날은
스승의 빛나는 그늘을 찾는다

밤새도록 퍼부어대던 눈발도 그친 찬란한 아침.

노송으로 우뚝한 스승의 뜰에

소나무로 서고 싶어서다

목구멍으로 솔잎 냄새가 넘어간다

항해일지

나한테 오는 길을 알면서 왜 이제 왔냐구.

마중 나온 네가
내 손을 이렇게 잡아줄 것을 알았더라면
내가
항구에 먼저 도착했을 텐데.

이번 항해는
유독 거센 파도타기에 요령이 없어서
바닷속으로 끌려 들어갔다가 나오길 여러 번 했다

물의 뼈들이 버티고 있어서
바다 깊이만큼 근육이 붙기는커녕
나는 난파선이었다

갑오징어 먹물로 쓴 윤기 있는 글들이 시간이 지나면 사
라지지만
다시 물에 넣으면 원래의 색을 되찾는다는데

이제껏 내 글들이 욕지거리였나
서로 뒤엉킨 채 독한 냄새로 가득했다

걷어내고 걷어내며

내가 쓴 글들이 사라지기 전에
바닷물에 담가
선명해지는 글자들이 헤엄치는 것을 보려고
어부가 되어
그 섬에 한참 있었다

숫돌

내 날을 세우느라고
물을 살살 뿌려가며
너를
허구한 날 갈구었다

너는
애초부터 나를 위해 준비되었고
내가 필요할 때마다
구석에 두었던 너를 꺼내어 쓸 뿐.

뭉개지는 너를
눈여겨보지 못했다

뒷전에 네가 있어
내가 빛나는 것을.

병상일지

바삐 가는 길을 막아서던
눈사태는
허리춤까지 내려와
손 써볼 겨를도 없이
나를 눌러 앉혔다

무릎 구부리고 살아보지 않았지만
발목도 끌어올리지 못한 채

나를
다시 만날 수 있게 해달라는
소리도 내지 못했다

대낮의 입원실에 누워
링거액이 떨어지는 속도를 나누어
시린 발목을 끌며
언제 돌아갈지 모를
깜깜한 내 집 대문 앞을 얼쩡거렸다

잔설

그렇게 쏟아지는 눈도 그친 지 오래다

눈물은
벌써 마을 끝
강가에 닿았을 텐데.

아직도
너를 다 용서하지 못한 내가

응달에
허옇게 웅크리고 있다

관계

너를 만나고
돌아오는 날에는.

너의 풍성한 비누 거품이
나를 씻어주어
내 슬픔의 두께도 얇아졌다

너를 만나고
돌아오는 날에는.

가스라이팅 1

나를 위하는 척하지 마

나를 갈고 갈아
깔때기에 몰아세우고
드립 커피 속도로
조곤조곤 쏟아붓는 너의 말들.

네 말마따나
나도 푹 퍼져서
끊어질 듯 이어지는 너의 말대로
좋은 게 좋은 거라고
향기로 뿜어내고
할 말 못 할 말 필터로 걸러서
네 입맛에 딱 맞게 대답하고 싶은데.

어설프게
나를 볶거나 갈아대지 마.

아직 덜 갈려진 덩어리
내가
남아 있어.

가스라이팅 2

너에게 재갈과 멍에를 씌우고
채찍으로 위협하며
당연하게 네 목줄을 당겼다

너는 천리마라는 찬사를 듣고
나는 너를 잘 뽑아냈다고 박수도 받았다

달리고 싶을 때 달리고
네 맘대로 풀도 뜯고 물도 마실 때
너의 지혜도 솟아났을 텐데.

너의 절반이 죽어가도록
내 속셈에 너를 가두었다

네 등에 얹혀 나를 자랑삼았다

진주조개

너는 늘
나를 가장 잘 안다고 한다

내가 앙다물고 지낸 이유
너 때문이라는 것도 알지 못하면서
너만큼
나를 잘 아는 사람도 없다 한다

내가 너를 품을 수밖에 없었던 것을
네가 알게 될 때
너는
나를 결코 알지 못했다는 것을 알게 될 거다

눈사람

그렇게
강을 건너갔습니다
그들은.

찬란하게 빛나던
온몸이 사르르 녹아내리고
이목구비였던
숯 검댕이 몇 개를
기억의 정표로 남긴 채
다시 물이 되어 돌아갔습니다

가끔
꿈으로 왔다 갑니다

나의 무기

올림픽 때마다 우리나라 선수들이
총, 칼, 활……로
마지막 한 방에
애국가를 세상에 울립니다

나의 무기는 아무리 갈고 닦아도
애국가를 울리지 못합니다

이놈의 망치질이
아직도
마지막 한 방 앞에서 흔들립니다

나의 무기는
늘 나만 울립니다

잘 가라, 눈물아

울지도 못하고
슬픔을 포개어 신고 다녔다
더 이상 걸을 수 없을 때
햇살 따가운 강둑에서 젖은 신발을 말렸다

네가 강물에 쏜살같이 끌려가서
붙잡을 수가 없었다

멀어지는 너를 대놓고 불렀지만
돌아보지도 못하고
강이 되어버리던 네 등 뒤에서
눈물을 보태며
한때 나도 강이 되었다

이제는
강가의 나무들도
함께 머리 처박고 크게 울던 날들을

켜켜이 강바닥에 내려 앉히고
강도 소리 없이 깊어간다

강 건너
석 달 열흘 수다스럽게 피고 지는 목백일홍처럼
나는
강둑에서 피지도 지지도 못했다

눈물 줄기 돌리는 데 한참 걸렸다

집중

저녁이 다 되어서야 맑아진다

저녁 강은
꾸역꾸역 감던 태엽을
아주 잠깐 풀어놓았다 다시 조인다

산은 산대로
마을은 마을대로
나무는 나무대로
수면을 경계로 아귀를 맞춘다

수리부엉이 날아오르는
황혼이 물드는 가을 강가에서
내 멋대로 부풀렸던 이파리를 털어낸다

통장 잔고

세상은 내게 등록금을 내라 한다

가족의 목숨을 하나씩

내 통장에서 빼간다

잔고가 줄어든 자리에 불안이 쌓인다

이러다 빈털터리가 될까 봐

영혼은

통장에 넣지 못하고 머릿속에 넣고 다닌다

경주마적 삶이 모색한
구경적 이상으로서의 '꽃밭'

1. 삶의 원천으로서의 어머니

이상백 시인이 시집『밥풀』(2015) 이후 9년 만에『경주마였다』를 펴낸다. 시집과 시집 사이에 놓인 간극이 꽤 오래된 편인데, 이런 시간의 터울은 아마도 갈고닦아야 할 서정의 솜씨가 아직도 많이 남아 있다는 증표일 것이다. 게다가 여기에는 시인의 꼼꼼한 성격이 반영된 측면도 있었을 것으로 이해된다. 이전의 시집 속에 있는 시편들도 그러하지만 이번 시집에서 수록된 시편들 역시 시인의 그러한 성격이 촘촘히 박혀 있는 듯 보인다. 정제된 언어와 깔끔한 정서의 표백이야말로 시인의 그러한 생리적 특성을 잘 보여주고 있는 까닭이다.

『밥풀』에서와 마찬가지로 시인의 서정의 샘은 어머니이다. 시인에게 있어서 서정시를 만들어내는 근원에는 늘 어머니가 자리하고 있다. 이 시집의 첫 페이지를 장식하고 있는 작품이 어머니를 소재로 한 것이라는 점도 이와 무관하지 않아 보인다.

> 죽으면 모두 별이 된다는데
> 엄마는 달이 되었다
> 낮달로 떠서
> 휘청거리던 내가 머리 들게 하고
> 어둑어둑해지는 날에는
> 보름달로 온다
> 그날은 천 개의 강에 그 빛을 나누지 않고
> 오로지 내 강에만 떠서
> 앞길을 보여준다
> 그래도 헤쳐나가지 못할까 봐
> 내 머리맡까지 따라와
> 홑이불이 된다
>
> ──「월인천강지곡」 전문

「월인천강지곡」은 수양대군이 어머니 소헌왕후의 명복을 빌기 위해 부처의 일대기를 한글로 편역한 『석보상절』을 토대로 세종이 만든 한글 노래로서, '월인천강'이란 '부처가 백억 세계에 모습을 드러내 교화를 베푸는 것이 마치 달이 천 개의 강에 비치는 것과 같다'는 의미이다. 시인은 부처 대신 어머니를 대치시켜서 마치 어머니의 사랑이 즈믄 강에 비치는 것과 같다는 것으로 이 작품을 서정화했다.

시인에게 어머니의 사랑은 이처럼 매우 각별한 것으로 남아 있다. 이는 '월인천강지곡' 속에 내포된 의미를 새롭게 굴절시

켜 의미화한 데서 찾을 수 있거니와 시인의 어머니가 죽어서 달이 되었다고 믿고, 이 달이 시인의 앞길을 조율해주는 것으로 사유하고 있는 것이다. 특히 천 개의 강이 아니라 시인이 건너가는 오직 하나의 강만을 비추는 존재로서 어머니는 시인에게 독특한 자리를 차지한다. 수많은 보편의 공간을 주재하는 부처가 아니라 시인 자신만을 주재하는 어머니로 한정되어 있는 것이다. 이런 어머니는 "내 강에만 떠서/앞길을 보여"주거나 혹은 "헤쳐나가지 못할까 봐/내 머리맡까지 따라와/홑이불이" 되는, 자아만의 고유한 존재, 절대적인 존재로 우뚝 서 있다.

『밥풀』 이후 시의 중심적 소재가 된 어머니는 이번 시집에 이르러 한층 견고하게 자리 잡게 된다. 어머니는 시인의 삶을 조율해주는 거멀못일 뿐만 아니라 시인이 갖추어야 할 덕목 가운데 중요한 중심으로 사유되기 때문이다. 어머니는 서정적 자아가 나아가야 할 삶의 지표이기도 하지만 자아의 현존을 만든 근본 지렛대이기도 하다. 이 축의 저간에 놓여 있는 것이 바로 어머니의 사랑이다.

눈물로
산비탈에 서 있던 어머니들에게
신이 한 방울의 눈물을 더 보태주어

윗논이 물꼬를 터서
무릎 아래
아랫논을 키우는

내리사랑
다랑이논을 만들 수 있었다

어머니들은 주름살 사이에
쉼 없이 새끼들 밥을 심고.

다랑이마다 일렁거리며
푸르름을 내뿜을 때
새끼들도 덩달아 쑥쑥 자랐다

어머니는
자식들의 밥이다
                    ―「신의 한 수」 전문

　이 작품은 어머니의 사랑을 '다랑이논'에 비유해서 깔끔하게
서정화한 시이다. 물은 흐름을 기본 속성으로 한다. 위에서 아
래로 향하는 것, 그것이 물의 생리인데, 시인은 이 음역을 넓혀
사랑의 원리로 예리하게 포착해서 의미화한다. 그리고 그 사랑
의 비유가 된 것이 '다랑이논'이다.

　'다랑이논'은 신의 한 방울의 눈물과 어머니의 눈물이 만든 합
작품이며, 그것의 기능은 생명의 근원이자 저장소 구실을 한다.
어머니는 이 물을 끌어다 새끼들의 밥을 심고, 그들은 이 밥을
먹고 자라온 존재이다. 말하자면, "어머니는/자식들의 밥"이 되
었던 것인데, 자식들은 어머니라는 밥, 혹은 사랑 속에서 길러
진 존재라는 뜻이 된다.

어머니라는 존재는 시인의 현존에 있어서 이처럼 절대적이다. 물론 어머니가 시인에게만 특별한 존재로 다가오는 것은 아닐 것이다. 이 땅 모든 어머니의 역할은 희생과, '다랑이논'과 같은 내리사랑에 놓여 있는 것이기 때문이다. 내리사랑은 받는 사랑이지 주는 사랑은 아니다. 위에서 아래로의 사랑, 곧 내리사랑에는 상호 교차나 이해와 같은 수평적인 정서가 끼어들 여지가 없다. 이런 면은 분명 이상백 시인에게도 예외가 아니다. 시인에게 있어 어머니의 사랑은 이 범주에서 결코 벗어나 있는 것이 아니기 때문이다. 이렇듯 시인의 시세계에서 어머니는 서로 분리될 수 없는 절대적인 존재로 자리하고 있었던 것이다.

2. 조화를 거부한 이질적 존재

시인에게 어머니가 주는 사랑은 시인의 길을 안내해주고, 인생의 고비마다 삶의 지혜를 주는 길잡이 역할을 해주었다. 이를 가능케 했던 것이 내리사랑이었고, 주는 사랑의 정신이었다. 시인은 그러한 어머니의 존재와, 그녀가 지펴놓은 사랑의 의미를 결코 가볍게 생각하거나 이를 삶의 외연에 그냥 던져두고자 하지 않았다. 어머니에 대한 이런 감각이야말로 시인에게 다가온 남다른 어머니상이라 할 수 있다. 말하자면, 시인은 어머니의 내리사랑을 자신만의 경계 속에 가두지 않고 이를 넓히면서 현실에 대해 스스로를 조율해나가는 준거틀로 이해하고자 했다. 이런 면이야말로 기존에 어머니를 서정화했거나 이를

의미화하고자 했던 시인들의 어머니상과 구분되는 지점이라
할 수 있을 것이다.

> 빳빳하게 살아서
> 남의 어깨에 기댈 줄도 모르고
> 제 어깨도 내어주지 못한다
>
> 빳빳하기만 해서
> 칼집이 몇 번 들어가야 접히고
> 사람들 보는 앞에서
> 대차게 등짝을 얻어맞고야 뒤집히는
> 딱지가 되기 전에
> 남의 어깨에 기대어보기도 해야
> 제 어깨도 내어줄 줄 안다고
>
> 기울어진 어머니 어깨가
> 앞서가며 말한다
>
> ─「기울기」 전문

　인용시는 자연과학적 사고를 바탕으로 인문학적 사유의 여백
을 그려낸 작품이다. 이 여백의 한 자락을 점유하고 있는 매개
역시 어머니이다. 시인은 어머니로부터 받은 사랑을 그저 수동
적인 사랑이나 내리사랑의 차원에서 한정시키지 않는다. 어머
니라는 존재는 시인의 내적 존재에서 그치는 것이 아니라 시인
이 살아가야 할 삶의 이정표로 크게 확대되는 까닭이다.
　1연에서는 시인의 현존이 무엇인지를 이야기한다. 그의 삶은

기울지 못하는 뻣뻣한 삶의 연속임을 알게 된다. 그래서 "남의 어깨에 기댈 줄도 모르고/제 어깨도 내어주지 못"하는 존재, 유연하지 못한 존재로 살아온 것을 깨닫게 된다. 이런 삶이 사회가 요구하는 조화라든가 균형과 거리가 있는 것임은 물론이거니와 그것은 곧 사회의 불온성을 가져오는 근본 매개로 작용할 개연성이 크다. 시인은 이런 삶의 자세가 가져다준 한계, 곧 이질적 존재가 불러일으킬 수 있는 환경이 무엇인지 분명 알고 있는 것처럼 보인다. 그래서 그 고비에서 다시 어머니를 환기한다. 기억 속에 남아 있는, "남의 어깨에 기대어보기도 해야/제 어깨도 내어줄 줄 안다고" 하는 어머니의 음성을 끄집어내고 있기 때문이다.

시인에게 어머니라는 존재는 시인 자신의 결핍된 욕구를 단순히 채워주는 존재가 아니다. 위에서 아래로 자연스럽게 흘러내리는 물처럼, 그래서 다랑이논에 고인 물과 같은 존재로 남겨져 있는 것이다. 그것을 내리사랑이라고 했거니와 그러한 어머니의 존재 혹은 사랑은 시인에게 나아가야 할 삶이 무엇이고, 사회 속에 동화되지 못하는 이질적 존재로 남아 있는 것에 대해 끊임없이 경계의 눈빛을 던지도록 추동한다. 어머니가 갖고 있는 이런 확장성이야말로 이상백 시인만의 고유한 어머니의 모습일 것이다.

하지만 어머니의 사랑이 주는 이런 환기에도 불구하고 시인이 마주한 현실과, 그 현실 속에 응전하는 시인의 자세는 어머니의 기대에 부응하는 것이 아니었다. 서정시를 만들어가는 자아와 세계 속의 거리는 여기서 발생하게 된다.

> 너는 정말 아무렇지도 않게 한 말이었지만
> 그 말 한마디에
> 나는 중심을 잃었다
>
> 입안 가득 떫어
> 삼키지도 곱씹지도 못하고 뱉어냈다
>
> 부메랑.
>
> 내가 아무렇지도 않게 한 말이
> 누구의 중심을 마구 흔들었을지도 모른다
>
> 빛깔을 자랑하던 나는
> 터져버린 홍시로 땅바닥에 누워버렸다
> ─「부메랑」 전문

　어떤 존재가 사회 속에 잘 적응해 나가기 위해서는 모나지 않아야 한다. 뿐만 아니라 조화를 깨뜨리는 행동이나 말 등도 주의해야 하고, 상대방의 아픈 곳에 대해 쉽게 말하거나 자극해서도 안 된다. 그것은 상호적인 것이어서 '나'와 '너'를 비롯한 모두에게 동일하게 적용되는 사안이다. 사회 공동체는 이런 조화의 작동 원리에 대해 익히 알고 있다. 하지만 그것을 실천하는 것은 알고 있는 것과는 전혀 다른 차원의 문제이다.
　「부메랑」이 말하고자 하는 것도 이런 부분이다. 서정적 자아와 상대적인 자리에 있는 '너'는 '아무렇지도 않게 나에게 던진 말'일지 모르지만, 이를 듣는 '나'는 '그냥' 넘길 수 있는 것이 아니었다. "그 말 한마디에/나는 중심을 잃"을 정도로 충격을 받은 까닭이다. 이런 말을 흔히 가시가 돋친 말이라고 하거니와 이 말에 찔린 사람은 당연히 상처를 받기 마련이다. 가시가 돋친 말, 그리하여 상대방에게 상처를 주는 말은 위악성을 갖고 있기에 이를 듣는 사람은 그 말에 의해 자연스럽게 자신의 윤리적 수준을 점검하기에 이른다. 하지만 안다고 해도 이를 실천으로 연결시키는 문제는 쉬운 일이 아니다. 서정적 자아 또한 자신이 받은 상처, 가시가 돋친 말을 무심코 할 수 있기 때문이다. "내가 아무렇지도 않게 한 말이/누구의 중심을 마구 흔들었을지도 모른다"는 고백이야말로 그러한 상황을 잘 대변해주는 담론이 아닐 수 없다.

　인용시에서 보듯 서정적 자아가 받은 상처는 자신만의 것으로 한정되지 않는다. 이에 대한 응전의 방식으로 자신이 주었던 말의 상처 또한 결코 만만한 것이 아니기 때문이다. 이는 사회가 요구하는 흐름이나 상대가 요구하는 수준에 대해서 적절히 대응하지 못한 데서 비롯된다. 말하자면, 어머니의 어깨가 일러준 기울기의 교훈을 망각한 데서 온 것이다. 그리하여 이러한 자각이 반성이나 내성과 같은 자기 성찰의 부분으로 확산되는 것은 자연스럽다고 할 수 있다.

　　　나를 나만 몰라서

두들겨
맞을 때마다
악다구니를 쳤다

내가 꽹과리인 줄
그때 알았더라면.

때마다
장단에 맞춰
신명 나게 한판 뽑았을 텐데

나만 나를 몰라서
한때
그 판을 깼다

———「꽹과리」 전문

'나를 나만 몰랐다'는 것이야말로 내성이라는 윤리를 떠나서
는 성립할 수 없는 인식이다. 아름다운 조화를 향한 거대한 물
결 속에서 서정적 자아는 여기에 적절히 합류하지 못하는 이질
적 존재가 된다. 스스로에 대해 불협화음을 느끼면서 이 흐름에
동화되지 못하기 때문이다. 협화음을 내기 위한 꽹과리임을 알
았다면, 흥겨운 축제의 마당을 일구는 현장에서 자신만의 역할
을 분명 드러낼 수 있었을 것이다.

그런데 이에 대한 자의식이 없었다. "나만 나를 몰라서/한때/
그 판을 깼다"라는 통렬한 자기 비판이 「꽹과리」의 주제일 터인
데, 어떻든 이제는 인생의 뒤안길에 접어들면서 서정적 자아는

그때의 과오가 무엇인지 어렴풋이 알 것도 같다. '한때'라는 말이 이를 증거하는데, 이 담론이 갖고 있는 시제가 과거임을 주시할 필요가 있다. 과거란 시간적으로 이미 지나간 것이다. 과거를 회고하는 것, 그것은 자신의 현존이 이제 과거의 미숙성에서 어느 정도 초월했다고 보는 것이다. 문제는 이런 형이상학적인 초월이 어느 날 갑자기 이루어지는 것도 아니고, 실존에 대한 자의식적 해방에 의해 갑자기 이루어지는 것도 아니라는 사실이다. 그곳에 이르기 위해서는 끊임없는 자기 성찰과 윤리, 혹은 도덕적 염결성이 결부되어야 비로소 가능한 영역이기 때문이다. 그의 시에서 다시 내성의 감각이 중요해진다.

3. 내성을 향한 성스러운 발걸음

존재의 실존은 거대한 파노라마처럼 구성된다. 어느 한 면이 뚜렷이 부각되기도 하지만, 그 반대로 숨어버리는 경우도 있다. 뿐만 아니라 생존을 향한 본능적 욕구 때문에 자신의 이상이나 유토피아와 상관없이 실존의 고통을 견뎌내기도 한다. 물론 이런 도정이란 어느 한 인간에게만 고유한 도정으로 다가오는 것은 아니다. 모두에게 공통의 영역 혹은 공통의 무대가 되기 때문이다. 존재의 현존이란 거침없이 앞으로 나아가기도 하고, 좌고우면하면서도 어떻든 전진하기도 한다. 이런 면은 시인에게도 분명 예외가 아니다. 그래서 자신의 실존을 다음과 같이 비유한 시가 탄생한 것이 아닌가 한다.

박하사탕을 골랐다

목구멍처럼
앞길이 그렇게 환하지 못했지만
그렇다고 단번에 깨물어 끝낼 일도 아니었다
헛바닥을 돌려가며
오랫동안 녹여 먹으려고
딱! 소리 나게
직장 한 번 바꾸지 못했다
녹을 대로 녹아
칼처럼 얇아진 이력을
입천장에 붙여놓고
아슬아슬하게 침만 삼켰다

다들 그랬다고 한다

—「경주마였다」 전문

경주마란 앞으로만 앞으로만 달리는 존재이다. 오직 한 방향으로 나아가야만 하는 것인데, 그런 일방적 통행이야말로 경주마의 우울한 실존일 것이다. 앞으로 나아갈 수밖에 없는 경주마처럼 인간의 운명 또한 그러한 것 아닌가 하는 것이 이 작품의 주제의식이다. 생물학적 질서에 의해 전진해야만 하고, 또 생존을 위해서라면 무엇이든지 해야만 하는 운명, 그것이 인간의 운명인 까닭이다.

이렇게 앞으로 가야만 하는 것이 인간의 실존이기에 시인이 이런 자신의 삶의 모습을 경주마에 비유하는 것은 지극히 자연스러워 보인다. 여기서 '박하사탕'은 최소한의 실존 조건이 된다. 이 사탕과 같은 삶이란 만족스러울 정도로 달콤할 수 있지만, 그렇지 않을 수도 있다. 하지만 선택의 여지는 남아 있지 않다. 서정적 자아의 욕구가 어떠하든 최저 조건의 수준만이라도 충족된다면, 이를 간직한 채 앞으로 나아가야만 하기 때문이다. 생존을 위한 아슬아슬한 순간의 연속적 삶에 실상 내성과 같은 윤리성이나 고귀한 일상을 고려하는 것은 사치에 불과한 일일 수도 있다. 그렇다고 해서 이를 포기하는 것도 쉬운 일이 아니다. 이 또한 삶의 최저 조건을 예비해주는 마지막 기준이기 때문이다.

　시인은 이 감각이 무엇인지 익히 알고 있다. 그것은 어머니의 사랑으로부터 얻은 것이고, 또 어머니의 지혜가 일러준 것이기 때문이다. 그것이 삶을 위한 추동력이 되어 인생의 항로를 개척하고, 그 항로에서 아름다운 자취를 남기고자 한다. 모나지 않은 존재, 가시가 돋친 말이 아니라 순한 말의 기능이 무엇인지를 탐색하면서 말이다. 그러기 위해서는 무엇보다 자아에 대한 성찰이 필요해진다. 공동체의 조건에 어긋나지 않기 위해서, 그것이 요구하는 조화를 망가뜨리지 않기 위해서 말이다.

　　또 한 번의 통과의례다

　　강으로 살다가
　　바다로 들어서는 순간에 섞이지 못하고
　　여기까지 살아온

진하고 굵은 생색을 내서
주위를 놀라게 한다

물을 조금씩 타면서 색을 빼자

내가 없어지는 것이 아니다
강에서 바다로
새로운 이름을 하나 더 얻는 거다

다 받아주는 바다가 되려고
나 지금 연습 중이다
—「갱년기」 전문

갱년기는 누구에게나 한 번 찾아오는 신체의 변화 가운데 하나이다. 종교의 원죄나 심리학의 오이디푸스콤플렉스라는 기제와 동일한 것이다. 갱년기는 보편적 기제이긴 하지만 시인에게는 새로운 존재로 전이하기 위한 계기가 된다는 점에서 의미가 있다.

이 작품은 갱년기가 시작된 이후와 이전으로 구분되며 전개된다. 갱년기 이전의 삶과 이후의 그것은 전혀 다르다. 그 이전의 삶이란 동화되지 못한 삶, 나만의 고유성과 자립성이 표나게 드러난 경우이다. 고유성 등이 돌출된다고 해서 나쁠 것은 없지만, 시인은 이러한 삶이 조화라든가 동화의 세계와는 거리가 먼 것으로 이해한다. 물론 그러한 삶이 자신이 추구하는 것과는 거리가 먼 경우이다. 그리하여 갱년기라는 육신의 변화와 더불어 존재론적 변신을 시도하는 것이 아닐까 한다. 그 결과 이제 이전의 삶과는 전혀 다른 상황이 전개된다. 마치 라캉이 말한 거울상 단계를 보는 듯한 착각을 불러일으킬 정도로 갱년기를 기준으로 이전의 삶과는 완전히 다른 삶의 모습이 전개되는 것이다.

이 작품에서 갱년기 이후의 존재를 만드는 중요한 기제는 '물'이다. '물'은 부정(不淨)을 정(淨)으로 만드는 정화의 이미지를 갖는다. 말하자면 물은 존재론적 변이를 위한 중요 기제가 되는 것인데, 물의 여과 과정을 거친 존재는 이전과는 전혀 다른 존재로 현상된다. "다 받아주는 바다가 되려"는 존재로 거듭 태어나고자 하는 까닭이다. 나를 잃고 타자와 하나가 되는 것, 그것이 바다의 역할이자 서정적 자아의 목적이 되는 셈이다.

간간이
기쁨으로 날아오르다가

기척도 없이 들이닥쳐 발목을 잡는
슬픔이
새까만 세상에
나를 던져버릴 때

저울에
이 까만 슬픔 하나만 올려놓아야 하는데
어제까지 슬픔에
다시 만날 슬픔까지
올려놓아

버팀목이 휘청거린다

기쁨과 슬픔
어느 쪽으로도 기울지 않는
그 지경을 보려면
내 심장이 깃털처럼 가벼워지는 수밖에.
　　　　　　　　　　　　　—「천칭 저울」 전문

　이 작품은 자연과학적 사유를 인문적 상상력에 기대어 만든
시인데, 방법적 의장 면에서 「기울기」와 비슷한 음역을 갖고 있
는 시라고 할 수 있다. 이 작품을 이끄는 핵심 요소는 균형 감각
이다. 시인은 지금껏 어머니의 그림자 속에서 자신을 성찰해왔
거니와 그 상상적 유토피아를 타자와 구분 없는 세계, 조화를
이루는 감각에 두었다. 말하자면 자신을 가급적 낮추고, 자신의
존재성을 드러내지 않고 타자의 본질 속으로, 그리고 공동체의
이상 속에 자신을 밀어넣고자 했다. 말하자면 타자와 공동체가
하나 됨으로써 자아의 고유성은 되도록 숨기려 했던 것이다.
　자신을 낮추는 자세는 「천칭 저울」에서 잘 읽어낼 수 있는데,
이 작품의 핵심 기제는 균형 감각, 곧 조화의 세계이다. 서정적
자아는 이 감각이 와해되지 않도록 자신을 꾸준히 성찰해왔다.
그것은 감정의 기울기를 맞추는 것이기도 했고, 대상에 대한 사
유의 편차를 가급적 드러내지 않는 일이기도 했다. 뿐만 아니라
타자가 갖고 있는 것과, 자신이 갖고 있는 것의 차이를 무화시
켜서 하나의 공통점이 무엇인지에 대해서도 끊임없이 고민해왔

다. 「천칭 저울」은 그러한 사유의 표백이 낳은 작품이라는 점에서 그 의미가 있다. 서정적 자아는 균형 감각을 위해서 "내 심장이 깃털처럼 가벼워질 수밖에" 없다고 했거니와, 심장이 가벼워진다는 것은 욕망을 드러내지 않는 것과 동일한 차원에 놓이는 것이다. 욕망은 늘 이곳에서 발원하는데, 그것이 발산될 때야말로 자아의 고유성이 가장 잘 드러나는 순간일 것이다. 말하자면 욕망이야말로 인간의 조건을 가장 잘 표현한 것이고, 개인의 조건 또한 가장 잘 발현될 수 있는 지점일 것이다. 그렇기에 욕망이 제어된다면, 인간과 서정적 자아의 존재성은 그 고유한 영역을 상실하게 된다. 각각의 특색을 드러내는 고유성이 없다는 것이야말로 하나의 동일성, 혹은 공동체의 이상을 드러낼 수 있는 가장 이상적인 모델이 될 수 있을 것이다.

4. 공존에 대한 그리움의 세계

이상백 시인이 꿈꾸는 세계는 공존이 아름답게 구현되는 사회인 것처럼 보인다. 시인은 그러한 세계로 나아가기 위해 어머니로부터 '기울기'의 정신이 무엇인지 이해하기도 했고 '갱년기'라는 통과의례를 통해 자신 속에 남아 있는 위악적인 요소들이 무엇인지 탐구해내기도 했다. 이런 도정이란 모두 자신의 고유성을 잃고, 타자와 하나 되는 일이었다. 타자와 동일하기 위해서는 나라는 고유성이랄까 자율성이 돌출되어서는 안 된다. 사회가 건강해지고 살 만한 공간으로 자리하기 위해서는 나의 욕망이란 가급적 축소되어야 하는 것이지 도드라져서는 곤란해지기 때문이다. 시인이 이렇게 자신을 경계하고 타자의 삶에 대해 깊은 관심을 갖는 것은 모두가 공존하는 사회, 아름다운 조화가 구현되는 사회에 대한 그리움의 발로에서 기인한 것이라 할 수 있다. 다음의 시는 그러한 사회가 주는 장점이랄까 이상이 무엇인지에 대해 잘 말해준다는 점에서 주목을 요한다.

    너를 만나고
    돌아오는 날에는.

    너의 풍성한 비누 거품이
    나를 씻어주어
    내 슬픔의 두께도 얇아졌다

    너를 만나고
    돌아오는 날에는.
                                              —「관계」 전문

사회는 나 혼자 일구어 나가는 것이 아니다. 뿐만 아니라 나라는 존재 역시 타자와 함께할 때 비로소 좀 더 나은 삶을 영위할 수 있을 것이다. 이 작품이 말하는 것도 이 부분이다. 지금 서정적 자아는 '너'를 만나고 왔고, 그 만남으로 인해 자신의 실존은 한층 좋은 것으로 개선된 터이다. "너의 풍성한 비누 거품이/나를 씻어주어/내 슬픔의 두께도 얇아졌"기 때문이다.

나라는 존재는 나 혼자만의 고립에 의해서 완성되는 것이 아니다. 나 이외의 또 다른 타자가 있어야 비로소 완결된다는 것인데, 이런 감각이야말로 나와 너가 함께 공존하는 삶이 얼마나 중요한 것인가를 일깨워주는 단적인 사례라고 할 수 있다. 개체는 혼자서는 완성될 수 없고, 여러 개체들의 집합에 의해서만 완성될 수 있다는, 이 지극히 보편적인 진실을 이 작품은 관계의 의미망을 통해 환기해주고 있는 것이다.

　　겨울나무끼리
　　뿌리가 닿았나 보다

　　겨울인데
　　추운 줄 모르겠다

　　꾀벗은
　　그 겨울을 어찌저찌 이겨나간 것도
　　한 이불에
　　옹기종기 식구들 언 발을 모아놓는 아랫목
　　있어

　　추운 줄 몰랐다
　　　　　　　　　　　　　　　　　　　―「공감」 전문

이 작품은 「관계」보다 더 직접적으로 함께하는 삶의 중요성을 말해주고 있다. 누구나 경험할 수 있는 일상성을 그 배경으

115

로 하고 있다는 점에서 공감의 여울을 넓혀주는 작품이기도 하다. 추운 겨울 따스한 아랫목에 옹기종기 기댄 채 이불에 의지하여 추위를 이겨낸 일들은 누구에게나 있었던 경험이기 때문이다.

시인은 아주 평범하면서 일상적인 소재를 통해서 독자들로 하여금 정서의 폭과 깊이를 넓혀 나가게 하고 있다. 이런 면들은 이 시인만의 고유한 수법일 텐데, 시인의 시들이 쉽게 읽히면서 정서적 공감대를 넓고 크게 울리게 하는 것은 모두 이와 깊은 관련이 있을 것이다. 시인은 자아만의 고유한 삶이나 고립된 삶을 고집하지 않는다. 시인은 '나'가 아니라 '우리' 속으로 나아가고 있거니와 이를 '관계'라고 지칭하고 있다. 여기서 시인은 모두가 함께할 수 있는 '관계'의 무대를 만들어내고자 한다. 말하자면 하나가 둘이 되고 둘이 셋이 되는 세계, 궁극에는 모두가 하나가 되는 세계를 꿈꾸고 있는 것이다. 이를 잘 보여주는 시가 「꽃밭」이다.

소풍의 꽃은 보물찾기다

보물 하나 찾지 못하고 돌아서던 내게
왕눈깔사탕을 건네주던 영숙이
내가 단물을 넘길 때마다
영숙이는 사루비아 꽃으로 톡톡 피었다

내게 징검다리로 박힌 보물들은

꽃으로 피어났다

발뒤꿈치 들어 경숙이는 해바라기로 피고
인숙이는 우리 사이 빈틈 생길까 돌돌 말아 맨드라미로
피고
정숙이가 색색으로 과꽃을 그려놓으면
우리 모두 과꽃으로 피었다
봉숙이는 땅에서 돋아나는 푸른 별들을 끌어안아 수국이
되고
민숙이가 분꽃으로 피기 시작하면
우리들의 이야기는
저녁을 먹으면서 다시 시작되었다

우리 한 번만 더
꽃대 하나에 닥지닥지 붙어 붉디붉은 칸나로 피어보자고
지금 나는 초록 끝자락을 붙들고 서 있다
　　　　　　　　　　　　　　　　　　　—「꽃밭」 전문

　꽃밭이란 그 단어에서 알 수 있는 것처럼, 하나의 꽃만이 존재하는 지대가 아니다. 여러 종류의 꽃이 함께 어울려 있는 곳, 그곳이 꽃밭이다. 시인이 응시하는 여기에는 다양한 형태의 꽃들이 피어난다. 영숙이의 '사루비아 꽃'이 피어나기도 하고, "내게 징검다리로 박힌 보물들"이 "꽃으로 피어"나기도 한다. 뿐만 아니라 "경숙이는 해바라기로 피고", 인숙이는 "맨드라미로 피"기도 한다. 그뿐이 아니라 정숙이는 '과꽃'이 되기도 하고, 봉숙이는 '수국'으로 전화하기도 한다. 그런 다음

한번 더 우리는 "칸나로 피어보자고" 마지막 여정을 예비하고 자 한다. 말하자면 꽃들의 축제를 한바탕 벌여보자고 하는 것 이다.

서정적 자아를 비롯하여 영숙이, 인숙이, 정숙이 등등은 인간 을 대변하는 존재들이다. 그것도 각각의 개성이 고유하게 남아 있는 채로 말이다. 하지만 이들이 꽃으로 승화하게 되면, 이전 의 고유성은 당연히 잃게 되고, 꽃이라는 하나의 존재, 하나의 단일성으로 새롭게 태어나게 된다. '꽃밭'이라는 무대에서 이 들은 비로소 하나의 단위로 존재의 전환을 이루어내게 되는 것 이다.

존재들이 하나의 꽃으로 된다는 것은 하나의 공동체가 된다 는 뜻이다. 시인은 지금껏 자신을 감추면서 타자와 하나 되는 길을 모색해왔다. 그러한 모색 속에서 관계의 의미를 밝혀내기 도 했다. 그런 다음 이 지점에서 공동체의 이상이 무엇인지 뚜 렷하게 이해해왔다. 「꽃밭」은 그러한 시인의 의지가 만들어낸 구경적 이상이라는 점에서 그 의미가 있다. 공동체라는 하나의 지점에 이르기 위해서는 각각의 개별성이나 고유성은 상실되 어야 한다.

시인은 그러한 개성을 꽃으로 대치시키면서 인간이 갖고 있 는 개별성이랄까 고유성을 사상시켜버렸다. 꽃이라는 하나의 단일체를 만들어내면서 개별적 특이성을 은폐시킨 것이다. 그 결과 시인이 만들어낸 이상적 모델이랄까 유토피아가 '꽃밭' 의 세계이다. '꽃밭'은 여러 이질적인 요인들을 하나로 만들어 내는 통합의 장소라는 점에서, 각각의 개별성이나 고유성이 사라지는 지점에서 만들어진 통일성이라는 점에서 시인이 추구해온 '관계'의 정점에 놓이는 공간이다. '경주마'처럼 달려온 시인의 끊임없는 서정적 노력이 이 '꽃밭'의 발견에 이르렀다는 것, 그것이야말로 이번 시집의 구경적 의의라고 할 수 있을 것이다.

송기한 (대전대 국어국문창작학과 교수)

경주마였다

이상백 시집